歌集

何の扉か

春日真木子

角川書店

何の扉か＊目次

I

装幀　片岡忠彦
本文デザイン　南　一夫

歌集　何の扉か

春日真木子

I

平成二十六年

動かねば

炎中の八月庭の花槿なにを叫ぶや底紅の紅

手文庫の奥に見いでし封筒に「要保存」とぞ父の朱書きの

孔版の黄ばみし文書はＧＨＱ校正検閲の通達なりき

検閲を下怒りつつ畏れゐし父の身回り闇ただよへり

校正をＧＨＱへ搬びしよわれは下げ髪肩に揺らして

文語脈の短歌をいかに解せしか進駐軍のきびしき検閲

削られし歌の行方に鬱然と空見上げゐし父は黒幹

「日出づる」の冠《かむり》消えたるこの国に日は照りいでつ炎を噴きて

＊

天が下灼かれてゐたり総身を透明釉の汗流れいづ

35℃超ゆれば蟬も鳴かぬなりわれも沈黙ふかき陶物《すゑもの》

いたはられ坐るほかなししほしほと炎昼こもるわれは「ゑ」の字に

どこよりもおくれて咲ける百日紅《さるすべり》けふ夕焼けをはみいでてをり

山里はどつとどつとの人の波彼岸此岸の扉のあきて

かへりくるたましひあらむ樹下に置く椅子を染めたり山の夕焼け

松虫草ともにたづねし友の逝きあはむらさきの記憶敢へなし

二十日月痩せたる月が朋友《とも》をよび並びてゐたりわれの遠目に

山間を射しくる西日に口を開け円いポストは雲箋を待つ

足首のぷくりふくらむ今日の浮腫これも此の世に占むるわが量《かさ》

首のみを廻し獲物をねらふとふ一日動かぬわれは梟

菊坂か、紅梅坂か杖捨ててわが夢の坂足かるかりき

階《きざはし》を降りつつ冷ゆる膝がしら風が告げくる一夏の終り

あはあはと思惟なき一日のわが胸をねらひてくるは鉄砲虫か

天牛虫《かみきり》かはた馬追ひか灯を寄せつ縁《えにし》のはじめ名を確かめむ

軽井沢にて狂言「蚊相撲」を観る

封建の憂さを晴らすや太郎冠者こゑはればれとわれを慰む

狂言を観終へいづればぬばたまの夜霧のふかくわれをつつめり

霧に濡れ量感おもく立ちつくすわれは並木にならぶいつぽん

霧のなか今動かねば動かねばわが存在の消えなむ惧れ

ぶつからぬやうにすすめり口笛のひゆうと響けり木末《こぬれ》のあたり

奥へ奥へ霧を分けつつすすみゆく右折禁止の標《しるし》たづねて

立ち寄りし森のホテルの飾り皿三光鳥のとまりてゐたり

三光鳥いまこそ鳴かめ日・月・星ほうほうと光の欲しき今こそ

霧霽るる明日はたづねむタゴールの「人類不戦」の巨き碑《いしぶみ》

「世界は本」いかなる扉開かれむ祈りは深し幽暗のなか

平成二十七年

はればれしきを

枯れふかき芒いつぽんワイパーとなりて磨けり今日のわが視野

楽しとも憂しとも山茶花ももいろに咲きては散り敷くももいろの庭

没りつ日を追ひて駆けにし双つ足小春の日脚に伸べてあたたむ

はさはさと翼《はね》うつ音の遠ざかり私は眠りを抱ける嚢《ふくろ》

今日の陽に照らし出されつ寝ねすぎの身に渡さるる単3電池

ゆすりても動かぬ時計が単3にたちまち刻む時間の速し

すべりよき膚《はだへ》のままにまた一つ齢《よはひ》加ふるさるすべり撫づ

光にも風にも秀先《ほさき》のあるやうな新春を待つはればれしきを

籠り居の越年なればよろづごと初々しくもなべて億劫

カンガルー尾をもて跳ぬるを映し見す尾羽枯らすなといはむばかりに

本——応制歌——

緑陰に本を繰りつつわが呼吸《いき》と幸《さき》くあひあふ万の言の葉

独り占めせむ

平穏のひと日の終り寂しめり紅葉おろしを磨りおろしつつ

出遅れて今年逃しし紅葉狩ひりりひびけり紅葉おろしは

こりこりと噛み応へよき鮭の氷頭《ひづ》　川のぼりこし鼻面ぞこれ

葉ごもりの蔓ひきよせてなまぬくき楕円むらさき郁子《むべ》の実を受く

てーぶるに熟れふかむれど口開《あ》かず優しくも憂し郁子のだんまり

腹割らぬ郁子いとほしも言なくて事足る齢となりたるわれは

てのひらに郁子の沈黙測りつつ黙秘保障の憲法をいふ

刃もて腹を割りたり黒き種子ぞろりありけり言葉の種子か

伸び放題の枝葉剪られし冬の空　はればれとわが独り占めせむ

燃えつきるまへに小さき尾を振れり遊ぶごとしも炎の終り

上昇感覚

咲きつづく寒椿の火をわが胸に街にたづねむ新春気分

ひさびさの上昇感覚たのしめりエスカレーターにせり上りつつ

花水木終《つひ》のひと葉の散りゆけり終となりたる恥ぢらひの朱に

冬空の青を顔とし立つ欅この世の間違ひ見てゐるやうな

味蕾とふ蕾ある身のうれしけれ湯葉やはらかく舌に載せやる

今日のてのひら

七十余年来の畏友榛名貢逝く

北風か訃報かわれの身を切るは　冬の木立に行き暮れてをり

逢ひて振り別れて振りしてのひらの僂し重し今日のてのひら

樟《くす》の木に凭《よ》りゐし君よ根の国の夕日のなかへ入りてしまへり

新仮名は敗戦仮名と肯はずほとほと一生貫きたりし

訪ぬれば「本日休診」札貼りて水面に釣竿振りてゐましき

羽化登仙ゆめみし人よ頭蓋なる胡蝶骨が翼《はね》をひろげて

窓際の白磁の壺が明かりたり振り返りゐむ君がたましひ

謎多き一生なりしを語りをり彼方の雲のほぐれてあらむ

ガラス戸を拭ひてあれば逝きし背のおひおひ若くかへりゆくなり

医学生三人《みたり》を交へ夜更けまで弾みし歌会《かくわい》に父若かりき
―昭和十七年―

学半ば召されて三人の軍医殿　浄らなりしよ敬礼をして
―昭和十九年学徒出陣―

岩波の万葉集は持ちゆけと父は言ひゐき出で征く君に

北方へい征くを父の嘆かへば遠く白夜を見むと笑みにき

遺書とふを書き置くにやと問ひし人　南島に征き永遠《とは》に還らず

彼の人も此のひとも顕つ後ろ背に冬空の青はかりしれざり

*

朝の雪肩に飾りておほどかな浅間嶺《あさま》に問はむ山の齢《よはひ》を

黄葉を終へし木下に団栗が円座してをり帽子かむりて

午前九時光の木立に羽搏きの音ひろがりぬカケスの群の

羽搏きのあはひに見ゆる瑠璃のいろ空の汀のかけらのやうな

団栗をついばむカケスに添ふる手のいつついでくるや見守りて待つ

かるからぬカケスの飛翔よ団栗のそこばく咽喉《のみど》に貯めて翔つとふ

翳ふかむ直立樹林を周りみむぎりしあ神殿円柱のごと

冬の木が水にくろぐろ揺れてをり川にあらたな時間《とき》ながれけり

枯れ芒いっぽんづつが曲線を違へそよげり心地よげなり

冬至けふ没り日の翳り早くして机の四辺角ばりてきつ

せりあがり土をいで来し肩を撫づ大根《おほね》は既に力抜きをり

音を消す画面に見入る喜怒のさま　いづくの星のできごとならめ

世の風にあたらぬわれが風邪《ふうじや》とふ邪《よこしま》なるに引き込まれたり

横風《よこしまかぜ》は横ざまに吹く風のこと万葉集を繰りて知りたり

遠逝きし人への思ひ吹つ切れと横風の吹きてきにしか

春の言葉

ほんのりとくれなゐ滲む梅古木　わが胸もともゆるみゆくらし

くれなゐの梅のあはひに般若ごゑなまあたたかき風に乗りくる

般若経は花の経なり歳月の温みにうつすら身を埋めけり

留針に刺されし蝶も舞ひいでよ齢重ねてまた春に逢ふ

児の指にやうやく成りし綾とりの橋が渡せり春の言葉を

初春の光差し入り戸襖の敷居に光るゼムクリップが

銀いろの肌にうつすら虹を抱くやさしき鱒に硬骨のあり

手押し刷

ザラ紙の謄写刷なる小冊子　黄ばみて語る昭和二十年

空爆下印刷所みな消失す歌誌継続のせんすべもなし

潔く辞めむと言ふ父潔《いさぎ》わるく続けよと宣らす尾上柴舟

太平の調べをいでて非常時の音《おん》を世界に示せと宣らす

然《さ》あらば手押し刷をと言ひいでて炎暑の縁《えん》側に気負ふ若者

開墾に荒れし手をもて父も刷る愛《め》ぐし一片《ひとひら》　愛ぐしその歌

われらの歌は一億国民の声なりと父と若きが揃ひて気負ふ

一人一首の掲載なれど軍事郵便待ちて加へき戦場詠を

野菊咲く草原を刈り偽装すと敵陣近き一首も交《まじ》ふ

警報の解くればゲートル巻きしまま謄写に向かふあな甲斐甲斐し

汗あえて成りし二十年八月号ゆめ解《ほっ》るなよ謄写の文字の

暗幕をはづす灯のもともんぺ脱ぎ素手も素足も眩しく二十歳《はたち》

疎開の荷負ひて峠を越えにしか力みなぎるわが双つ足

何の扉か

朝なさな触れゐし猫の白ひげのそよがず冷し花蕊よりも

二十五歳猫の老齢消えたれば家内《いへぬち》の長《をさ》われは寂しゑ

胡蝶花《しやが》ひらき蝶の舞ひたつ白昼に四肢もつれ飛ぶ猫のまぼろし

猫の骨いづくに埋めむ蓬草根を分け掘りぬまた逢ひたくて

生きものの気配失せたるひとところ武蔵鐙の一鉢を置く

武蔵鐙の仏炎苞のなまなまし雌蕊《しずい》雄蕊《いうずい》ひそむあやしさ

みどり野を駆くる駿馬を夢見むか鈍《のろ》きわが身を貫きて欲し

サムライとふ薔薇を賜るあなかしこ紅《くれなゐ》ふかき長《た》けきいつぽん

棘なべて除かれて来しサムライの直立の茎少しく侘し

いつよりかわれに潜める他者ありてをりをり吐けり吐息溜息

人頼みの支払ひなれば委任状印鮮らかに見据ゑて捺さむ

わたくしが私である確認とふああ覚束な存ふること

Ｆａｘのインクリボンも尽きたるか点滅しげく真夜の傍ら

この年のさくらに逢はむいよいよに一会《いちゑ》の思ひ深くなるらし

先立つる杖の速度のややに増す街の隈ぐまさくら探りて

散るといふ有限あれば歩き神やどり給へよさくらに向かふ

さくら散る時間《とき》の光を曳きて散る　何の扉か開くやうなる

何いろにわが眼に映るや今年花　憲法九条あやふきときに

遊水槽埋めむと伐られしさくらあり防災とはいへこれも暴力

此岸のさくら彼岸のさくら近《こち》と遠《をち》　虹わたすまで見遣りてゐたり

大西日

立ちて飲み坐りて含む水の量《かさ》　真夜のわたしは沼になりたり

睡りゆくわたしは古沼　水の輪に美《は》しくひろがれ記憶のなべて

簾《すだれ》を抜け畳に伸びる大西日戦後七十年を貫《ぬ》きて烈しも

薔薇の木が焼けて花が焦げるとぞ露※風の夢の今に続けり

※三木露風「正午」

「大日本は神国」なればとめどなく「一億火の玉」なりし彼《か》の時代《とき》

青草の韮を散らしし粥啜る八・一五われは民草

Ｂ29空襲下のさま書き継がむ４Ｂえんぴつ筆圧をあぐ

透明のラップをかくる所作の殖ゆ政治不信の募りゆく日々

若鮎は背骨を抜きて食うべけりゆめ抜かるるなわれらの気骨は

日盛りの炎風火風押し分けて届けくるなり焼酎魔王

冷房を利かす密室屯せる老いも若きもこゑ尻上がり

灼けしるきサドルを確《しか》と撫でゐしが腰を浮かして漕ぎてゆきたり

すずらんの葉裏に揺るる空蟬のあはれあつぱれ脚の踏んばり

夕闇の書棚《たな》の陰より這ひ出でし守宮親しもしばし見送る

窯の火にぐにやり歪みし織部盌両掌につつみ涼みてゐたり

II

平成二十八年

所在証明

まるい輪の烟が空に噴きあがり本日晴天浅間も笑ふ

けふの鬱はけふ噴きあげよ浅間嶺の稜《かど》を舐めつつうごく白雲

活火山浅間の裾をひと回り郵便配達夫《ふみくばりびと》太息《ふといき》を吐く

筆まめの立原道造イラストの書簡《ふみ》をも知るやこの円郵函《ポスト》

高原にのこる古駅無人駅花豆あまた干されてゐたり

人在らぬベンチを占めて混みあへり花豆莢をかぶりしままに

山里の日向に温む花豆のひと粒胸に日常を出づ

本日の所在証明記されつアサギマダラは翅をひろげて

近き日はマイナンバーを記すにや老いの胸にも蝶の翅にも

没りつ日に背《せな》を押さるる枯葉道わが影法師黒法師なり

新そばを待ちて坐れる十五分年輪密なる切株の上

風の渦黄葉《もみぢ》の渦にまかれをり回収ちかき吾と洗濯機

追分の分岐《わかさ》れの道右せむか左ゆかむか国論のごと

時の雫

旧道は先が見えざり行かないで　ヘルメット黄の少年にいふ

実生なる樺《かんば》はいまが伸びざかり帽子を冠り背くらべせむ

桂木がどつと心を放ちたり黄葉渦なす林道をゆく

黄落を終へし桂の若き木が没り日を背にかろがろ浮けり

黄落の終《つひ》のひと葉は眩しけれ地上に終《つひ》のひとりは怖し

降りつもる黄葉を払ひ拾ひあぐ鳴き尽くしたる蟬の骸を

白秋のからまつ林の五七調口遊みつつ紛れ入りたり

こまやかにかろらに胸に降りかかるからまつ黄葉に濡るるひととき

曖昧にあいまいにわがなりゆけりからまつ降らす時の雫に

わうごんのからまつのもと黄の膚を重ね握手すモンゴルびとと

何鳥かひとこゑに澄むわが耳を紺の天《そら》まで引きあげゆけよ

万花ひらけよ

この春は千両万両あかき実を揃へて待たむ九十歳《きうじふ》の幸

成らぬこと憧れとして綴る文字　万花ひらけよ指の先より

老いたるは化けやすしとぞ　艹《くさかんむり》かぶれば花よ　私は生きる

身の縮み受け入れ軽く立ちあがる今日を生き継ぐ空間ひろし

花と月憧れとして西行は地上一寸浮きて詠みしぞ

昼月の浮力をわれに引き寄せむ杖ふりあげて今日の背伸びは

てのひらに余りて落とす『大字源』小刻みに震ふ言葉のあまた

国防色

はさはさと白いノートのめくれつつ春の羽音す　横目にて見つ

つと攣りし指に渡さるる鉛筆のなんと10Ｂ　夕光ふかし

一ダース削り揃へし鉛筆がわれの心の直立を待つ

継ぎ目なき冬青空に句読点打たむと浮遊すわが飛蚊症

くれなゐに放物線をゆらしつつ窓に寄りゐし蔦も枯れにき

風ありて戦《そよ》ぐ黄葉に戦《をのの》けりカーキ色なす今日の鴨脚樹《いちやうじゆ》

人気《ひとけ》なき議事堂めぐる鴨脚樹は国防色なり　しんしんと冷ゆ

延命法

あかときの光とともに開くなれ花白蓮もわが両耳も

卒寿とて賜びしくれなゐ燃ゆる薔薇水切りといふ延命法あり

なよらかに風過ぎゆけり水切りを知らぬわが身の硬ばりくるを

老いるとは受け容れること椎古木胸にふさふさ羊歯を宿らす

柊も老いては刺のやはらぐと聞こえるやうに呟く庭師

乾きつつ直ぐ立つ木賊の小集団わが在らぬとき手をつなぎゐむ

おのがじし垂直に立つ木賊たち地下茎かたく結ばれながら

事なかれ　出会ふなべてに会釈せり少し反り身の干し大根にも

人間より黙《もだ》ふかく来る黒犬は被災地犬とぞ今日の過客ぞ

白紙もえんぴつ消しゴムのど飴も散乱のまま今日の花冷え

むらさきのパンジーに潜むなめくぢりその膨らみを撫でて捨てたり

春なれば先づは逢ひたし食うべたし天平いろの蓬草餅

みどりごの出生を待つ春日永　射しくる光手に包みつつ

筍のやうにならべる新生児番号札を確かめて抱く

九十歳のわれの腕《かひな》に湯気ぬくし女《め》のみどりごの桜じめりよ

みどりごのくちびる仄と匂ひたち天使のことば出づるを待たむ

みどりごに花びら流れ時間《とき》ながる明日は植ゑよう桜の苗木

四代のをみなの揃ふ花莚　延びゆくならむわが持ち時間

この世紀まるまる生き継ぐ曾孫らに母国語ありや敢へなし母国

日本語がローマ字化さる戦《をのの》きを語るわれらにながし戦後は

開ける耳

花桃のひらきてわれは九〇歳　ああ零《ぜろ》からの出発の春

九〇歳は吉事《よごと》にあらめこれよりはボーナスタイムよ朗ら澄む空

咲きおくれ散りおくれたる老梅につくづくと告ぐ枯れおくれよと

励ますも励まさるるも九〇歳　耳のあやふきあなたとわたし

身の安否気づかふのみの一縷なるこゑに潤ふ春の鼓膜は

中年が宙年ならば老年は宰年なりや　朗年とせむ

春眠にとりとめもなき夕まぐれ耳のうしろに春の蟬わく

耳あたりよきをよろこびゐたりしが今日のわが耳ひたすら孤独

満開のさくらをくぐる二ひらの耳にぎつしり寂しさ詰めて

黙ふかく真顔のならぶ待合室顔の両側耳をひらきて

きはやかに開ける耳の並ぶなり遠耳、空耳、老いの僻耳

蝸牛ふかく蔵へる耳とこそ思へば親しいづれの耳も

濁りたる鼓膜の震へ測られつ高音低音さめざめ流る

キーンとひびきモアーとながるる周波数いづべの宇宙《そら》に潜める音ぞ

低音はとらへ難かり五線紙の𝄢《へ音記号》は耳に似たるに

衰へは暦年齢に相応とふあないくばくか夕明る耳

海いろの絨毯を踏み何ゆゑか土耳古《トルコ》の文字に惹かれてゐたり

地球儀にルーペをあてて確かめつ土耳古と希臘《ギリシヤ》のあはひの海を

土耳古へと送還さるる難民よ春の怒濤の波打つ海よ

世のなかはうかうかとして不安なり忘れ草植ゑむ日々の窓辺に

摘みてきしひかりたんぽぽ机《き》の上に夕ぐれてきつ私の文字も

蟬と蟬

蟬のこゑそのひとすぢに聴き入りつ　断続あれば不安萌せり

さういへば蟬の字体の口ふたつ失ひたりしは戦後なりしか

投稿歌の「蟬」は自由に鳴かすべし「蟬」より「蝉」へ直しつづけつ

地の底にもゆる火の音聞きにしか蟬ななとせの聖域をいふ

地の底の焔のことば伝ふべく腹を震はせ鳴き立つ七日

身を折りて拾ふ空蟬透きとほりわが現し身は影ふかきかな

赤松の幹にすがれる空蟬よ　蟬羽衣といはばおごそか

かくまでに透ける己《おのれ》を脱ぎすてて鳴きたつ聴かな夕べの蝉を

屈折の脚の先まで透きとほる空蝉けふの光源とせむ

夜明け前か逢魔が時か早出しの選挙速報ながながつづく

にんげんの耳廃《し》ふるほど鳴きつげよ　予祝か予兆か空へ放てよ

ふたたびは蟬の帰らぬ小さき穴　しづかに夜気が埋めゆきたり

＊

検閲を受けにし有無を探るべく戦中戦後のわが小誌繰る

さなきだに用紙削減きびしかり　なかんづく恐る検閲の眼を

自主規制　編集の上になしゐしやわれの小耳に父の嘆息

咎め立て些細に及べば編集に言葉を選りて身を削ぎにしか

きはまりは編集後記含みある言葉かこれは深く汲むべし

ザラ紙の誌面なでつつせつなけれ口授《くじゅ》してゆかなこのせつなさを

眼を洗ひルーペをあてて探りみつブロック塀にも風穴あれば

検閲を憚り書きし悔しみを師※が詠み得しは三十年《みそとせ》の後

※熊谷武至

平和といふ時の埃をかぶりたる小誌に光る反骨のうた

個の思想小詩型に見えざるをつね苛立ちて師は宣らしゐき

発禁となりし「車前草」[※]一巻に明治の刃の切りくちを見つ

※「水甕」の前身

トウキヤウを盗聴と聞くわが耳よ平和の切断こんなところに

左翼と右翼　どっちに向くの草野球ベースボールは子規にたづねむ

入道も鯨も軌跡を残さずて己を脱ぎけりあをき夏空

卸し金の棘を宥めむ八月の大根《おほね》はまるくなでて摩るなり

処分とふ言葉とびかひひびきくる高温多湿の古家の一隅

天袋地袋に潜みゐたる物みな鉄《くろがね》の質感をもつ

角ばりし下駄の出できぬ縁先に此《こ》を濡らしゐし昭和の雨よ

夢の尾も風のこゑをも摑み得ずこのひと夏の終り寂しも

平成二十九年

新春五題

酉

酉年の鳥のはじめに思ふらく石川啄木《たくぼく》詩篇「啄木鳥《きつつきどり》」を

ふるさとに「巷の塵」の寄せくると啄木鳥《きつつき》木を打つ明治も今も

一秒を惜しみて穿つ啄木鳥《きつつき》に銀杏《ぎんなん》ほどの心《しん》冴えてゐむ

きつつきの今日も木の髄うがつ音　来む世を憂ふな少し休めよ

きつつきは生きる術《すべ》とて木を打てどほほゑみあれよ時の狭間を

富士

稲妻を裾に奔らせ富士の秀《ほ》をつまみあげたり葛飾北斎

桜木と松の向かうにある富士をシンボルとせり日本の近代

晴れわたり雪のまばゆき芙蓉峰ふと問ひてみむ富士の齢を

水の面に身を投げだしてゆるぶ富士ああ親しもよいま近づかむ

遠空の一隅くろく抉る富士見られ尽くしし富士のストレス

筆

旅の掌《て》に立てて時刻を測りしとふ筆いつぽんのおろそかならず

一滴の水に氷りし筆先を恋ほしみし父よ飛騨の思ひ出

万年筆手にとり直す万年を否十年を書き継ぎたくて

彼岸花筆鋒《ひっぽう》あかくほぐるるを待ちて寄りゆく蝶もわが眼も

土筆入り飯《いひ》にこころうるほひて成りし随筆ほんの一文

餅

たましひの玉としおもふ丸餅を多《さは》に丸める若きてのひら

切り分くるのし餅白きいちまいが去年と今年の境にありき

かき餅を火鉢に炙り膨るるを待ちて食べにき火の力をも

配給の餅一切れを雑煮とし押しいただきしよ敗戦の年

葩《はなびら》餅はた桜餅萩の餅いつも逢ひたき蓬草餅

戦

開票に戦《をのの》く顔・顔いちめんに映し出されつ霜月九日※

※米大統領選開票日

狂ふこと天にも地にも増えゆけり鋼《はがね》の音に戦《そよ》ぐ葦群

勝戦《かちいくさ》あな呆気なしひえびえと木々は色づく国防色に

梢たかき朱実《あけみ》の柿へ戦ひの姿勢に寄り来　鵯も目白も

口を閉ぢわれは諳んずタゴールの「人類不戦」誓ひの言葉

ねむる

はるかよりやはらかくきて薄闇はわれを包めり昼のまどろみ

菜の花は浄土なりしか杖を捨て身は浮きたてりねむる悦楽

ぬばたまの闇夜の不眠くれなゐの椿の火色胸に重ねて

わがねむる間《あはひ》に米の新政権誕生したり時差の大波

寒中に咲けるサルビア空爆に焼けし記憶の土はねむらず

わたしの朝餉

白粥に散らす濃みどり鮮らけし葱のひともじ韮のふたもじ

さくらいろ

寒中にかがよふいのち牡丹《ぼうたん》も近寄るわれも息さくらいろ

待つ

びーどろの皿に白桃《しろもも》切り分くを胃腑やはく待つ媼のわれが

夕さりて待宵草の群に逢ふひらく黄明りひらかぬ光

百年を待たむとぽつり父のこゑ半ば掠れつ　敗戦の日の

春を待つ

ひつそりと垂るる朱実《あけみ》の烏瓜　九十路《ここのそぢ》われの眼を初心《うぶ》にせり

紅葉は早も畢《をは》んぬ鬼箭木《にしきぎ》の鬼去りたればただの古木ぞ

寝ね際のわれの気散じ冬眠の亀の寝息に思ひは及ぶ

春を待つ小さなるもの籠り居のわれに棲みつく塞《ふさ》ぎの虫も

雨か霰もしくは雪といふ予報されば出掛けむ槍と死降らねば

ぬばたまの夜を継ぐ議事を秘するがに散らず崩れず公孫樹並木は

しろがねの太刀魚秋刀魚に思ひいづ刀を力とせし世のありき

不可能を憧れとして在り経しか手のひらひろげ咲かさむ幸を

朱き実

朝に夕風に痩せつつ烏瓜あそびかすさびか朱の実の揺れ

くろどりの烏はつつかず烏瓜唐朱《からす》のいろに終《つひ》までを揺る

天平の昔なつかし唐土より渡りし辰砂《しんしや》か唐朱のいろは

ランタンと見立てし賢治　地《つち》よりの愛の育む灯ぞ此は

寿ぎていただく他力朱き実の鈴蘭　柊　はた数珠珊瑚

秋草よりてのひらに載るかまきりの逆三角の貌とあひあふ

鎌切でも蟷螂でもなしかまきりと細字が相応《ふさ》ふ命の透くを

指先を口に湿して繰りゆけりまこと乾けり国会議事録

手が乾き口が乾けり一陣の炎か大統領選開票ニュース

樹は枝をわれは腕《かひな》を垂りて立つどつとふえたり紅葉の炎

鳩寿の胸

はさはさと春の羽搏き鳩寿なるわが新春の胸を打つなり

鳩寿なるわれと並びて二歩三歩土踏む鳩の歩みは優し

百の渦まく切株に坐すわれに添ひて親しも鳩の二足は

友を呼ぶ声のありしやつと頸をもたぐる鳩よ虹色の頸

呼ばれしは雄か雌か知らね勢ひて鳩はひろげつくろき尾羽を

二羽の鳩みじかきこゑに呼び合ひて羽ひろげをり愛のかたちに

冬空に速さを競ふ鳩の群　すすめと鳴るや古き喇叭が

マスクして交す会話は捗らぬ鼻先白くふくらみゆけど

焼夷弾落ちし徴と家壁に沿ひて火の花咲かすサルビア

残ん雪ぬきて炎《ほ》をあぐサルビアよ遠き戦の根の此処にあり

火色の心

日本列島弓なりに反り初日浴ぶその断崖にわれら生き継ぐ

万両のことし朱実《あけみ》の少なきを国事の憂ひにつなげ言ふこゑ

急流に落ちし椿よわが胸に流れ入り来よ火色の心

肩甲骨ひらきて閉ぢて浮力待つ春微風《そよかぜ》に乗りたきわれは

韻きよく山茶花さざんくわと囃されて散り乱れけり黒土の上

風は伸び冬木をめぐり吹きゆけり考へぶかく木は曇りをり

冬の日に膚ほんのりと艶めけり微笑仏となりませ桜よ

空は萎まず

九十歳《きうじふ》に一つを加ふこれよりはほぐれよはぐれよ春の自由へ

ここのそぢもはや誰にも急かされず空を仰げり空は萎まず

見し夢を逆さに辿りおぼつかな現し身遠きわれのきれぎれ

ああといふ力の脱くる気配せり八重のくれなゐ落とし椿

土の上《へ》の椿のほほゑみ啓蟄の小さき虫が脚こすりゐる

さざれ雲いつこぼれしや節分草五弁白花いちりんひらく

またひとり大正生まれを逝かしめて春の岬に雪降りつづく

湯豆腐に箸交はしつつ恋ほしけれ大正世代の暮らしのリズム

平皿をゆるりと廻し拭きあぐる独りの時間ここも瀬戸際

わが身にもわが言葉にも用なきに春の日差しに光る刺抜き

確かなるうちにと求めし一冊に奪はる一万八千秒が

治療室のベッドは高くのぼれざり然《さ》らば背面跳びの術《すべ》にて

若返りたり

ひと皮を剝きてましろき独活に見つ春の朝《あした》の光の切り岸

はればれと眼をひらきゐむ花水木　白咲きみちて己を照らす

どしどしと緑ふえゆく庭木々に引き延ばされむわが老年期

千まいにうすく切りつぐ大根のどこまでも白　平安の白

樹に絡む蔓の行方を辿り見つ烏瓜の五裂の花を

烏瓜しやつとレースの花ひろぐ炎暑に喘ぐ今日の終りに

葉がくれに初めて見たるレース花声をあげたり若返りたり

巴里の石鹸

セルロイドの古き箱よりとりいだす八十グラムの巴里の石鹸

見るとなく見てゐる幼に隠しきぬ巴里の石鹼菫いろなり

さつぱりと言葉の垢も落とせるかソープの瓶をふりつづけきぬ

双の掌《て》に揉まれ泡立つ石鹼の縮みて顕たす虹の七いろ

石鹼を使ひ果たしし身のかるさゐのころ草の穂にも触れつつ

ゆっくりと歩みをはこぶ細道にうすじろきかな今の平和は

瞼をほろりと撫づる影のあり夏の落葉のはじまる気配

ひと葉づつ心を濡らす椎落葉　わたしの身体を通りてゆけり

強行採決

上空に渦まく雲ありと気象報　地上に渦まく法案情報

六月上旬

法案の強行採決戦《をのの》きて坐る丸椅子　あ、背凭れがない
六月十五日

薄明の鎧戸ごしに見えてきつ平和を躙る雨脚風脚

群がるなといへども明日を拓くため小誌編集に頭を寄せあへり

判断は紙飛行機にもドローンにも　不当監視に飛びくる惧れ

無策なる世を嗤ふがに半夏生　片白の葉の集団の白

真つ白な嘘もあるべし半夏生翻りたり片白の葉の

片白の穂花それぞれうつむけり耐へてゐるのか精一杯に

ぬけいでて一際つやめく若竹の梢の揺れよ世界をほぐせ

夢見る力

日と月とありて地球は明るきにほとほと見えぬ明日の日本が

ミサイルの発射の報に仰ぐ空　空は黙つて見おろしてゐる

塀をこえ紅《こう》咲きのぼる蔓薔薇にわれは養ふ夢見る力

ひるがへる薔薇の花翳濃くなりぬ焼けてはゐぬか焦げてはゐぬか

白昼の夢にはあらず薔薇の花焦ぐるを憂ふ現《うつつ》おそろし

降りたちて雀は歩く二歩三歩芋虫まるくころがしながら

身近なる弱肉強食雀子の猛き殺気に差し水ならず

四世代集ひしグラス細長き脚の並べり風通しよき

くだものに産毛も種も少なきをひとり呟きひとり寂しむ

緑陰の蜘蛛の一すぢ光る下ゆつくり退屈　平和の時間

おほかたは家居に過ごす烈日下　平平凡凡此処に古りゆく

仮睡せるわが胸覆ふは読みさしの本半開き屋根のかたちに

「つらい」より「だるい」へ移るわれの臓腑《わた》　炎暑蒸暑のつづく八月

「山気　日夕《につせき》に佳し」とぞ陶淵明　されば浅間の山の麓へ
やはらかき曾孫の膝に触れながらわれの平和を車は運ぶ

ひとところゲリラ豪雨を走り抜く突撃といふは戦時の用語

向かひくる雨音硬く乱打せり弾くワイパー火を吐く勢ひ

雨過ぎて濃霧分けゆく運転に固唾を呑みて臓腑を揉みて

濃き霧が浅間山裾這ひいで来　尾のあるものも紛れてあらむ

日本の方向失調憂ひゐしタゴール峠の霧の彼方に

いら草の混じる夏草踏みふみて車輪は止まる山荘の前

ずぶ濡れの夏草を分け開きたる水栓に奔れ新しき水

台風の過ぎし夜空を仰ぎけり変はり身迅き雲の流れを

わが頭上覆ふ巨人が口開き月を吐きたり満ちたる月を

赤松の樹間あかるみ繊き葉を刻々と染む月の明りは

明らけく月を迎へむ「紙をもてラムプ」おほひし子規に倣はむ

十方に月ぬれぬれと眩しけれ世界の明日を拓かむばかり

地球人七十億を照らす月この荘厳に戦《いくさ》を止めよ

軍隊が全《また》くなくなりあかあかと根源の代のごとき月いづ　茂吉

軍隊への再びの恐れあかあかと照りて消しませ今宵の月は

根源の代《よ》の月明り胸に抱き浅間寝釈迦と共に眠らむ

杖捨ててわが跳ねゐしは夢なりき　重力やさしき月面なりき

鰻——長歌——

わが父の松田常憲、ひと夏に長歌百首、爲《な》さむとてひた籠りけり。その命しぼり詠みつぎ在するを、見つつせつなし。かかる日は茂吉に倣ひ、好物の鰻《うな》を召しませ、常若の精をつけませ。おのづから鰻売る方へ、い向かひて逸るわが足。

夏草の傍への桶に、渦なしてうねる太きを、とりあげて捌く素早き技も見つ。渋団扇もて炭あふぎ、焔みじかく勢ふを、しかと見据ゑつ。串ざしの鰻ねんごろに焼かれゆき、香りいよいよ甘やかに、匂ひだちたり。白飯にのせてかがやく鰻なれば、早う早う父の夕餉へ。あな茂吉三日に一度は、鰻重を召すとし聞きぬ。さらばとて土用を過ぎし夕餉にも、「旨き鰻を」と、ためらはず父にすすめき。

旬日を過ぎし頃にや、机《き》に向かふ父の背中に、異様《ことざま》に光る汗あり。此はいかに、鰻の膏のぞろり沁みいづ。

反　歌

ひと夏を父の食みにし鰻《うなぎ》らよ長歌百首に光添へませ

あとがき

本集は『水の夢』につづく私の第十三歌集です。平成二十六年夏より二十九年まで、殆んどが短歌綜合誌や新聞に掲載された作品です。配列は、生きた時間を示すため、発表順にしました。この間に年齢は九十歳を超えました。九十歳を九〇歳と記せば一〇度目の零からのあらたな出発です。当然ながら、他界への扉も近くなりましたが、私の作歌はまだまだ途上です。卒寿を超え、これからはボーナスタイム、自由に詠みたいと願っていますが、心身共に行動が制限される今、机の四辺形のなかが私の小宇宙です。七十年来共に過ごす庭の樹々の、幹は黒ずみ苔に覆われながらも、梢の周期を繰返す生命力と対うことで、作歌への炎を得たいと願う私に、今、どんな扉が開くのでしょうか。

明日への扉を幸《さき》く開きたいと祈りつつ編んだ一集です。

刊行にあたり『短歌』編集長石川一郎氏、担当の住谷はる氏に細やかなお世話をいただき、深く御礼申し上げます。装幀は『水の夢』に続き片岡忠彦氏にお願いできるとのことで楽しみにしています。

春日真木子

二〇一八年七月

歌集　何《なん》の扉《とびら》か

水甕叢書第898篇

2018（平成30）年9月10日　初版発行

著　者　春日真木子

発行者　宍戸健司

発　行　公益財団法人　角川文化振興財団
東京都千代田区富士見1-12-15　〒102-0071
電話　03-5215-7821
http://www.kadokawa-zaidan.or.jp/

発　売　株式会社 KADOKAWA
東京都千代田区富士見2-13-3　〒102-8177
電話　0570-002-301（カスタマーサポート・ナビダイヤル）
受付時間11時～13時 / 14時～17時（土日祝日を除く）
https://www.kadokawa.co.jp/

印刷製本　中央精版印刷株式会社

落丁・乱丁本は、送料小社負担にて、お取り替えいたします。KADOKAWA読者係までご連絡ください。（古書店で購入したものについては、お取り替えできません）
電話 049-259-1100（土日祝日を除く10時～13時 / 14時～17時）
〒354-0041　埼玉県入間郡三芳町藤久保550-1
　Printed in Japan ISBN978-4-04-884220-4 C0092